Undergiven fantasi

Dominans och erotisk underkastelse

Erika Sanders

ERIKA SANDERS

Undergiven Fantasi
Erika Sanders

Dominans och erotisk underkastelse

Anmärkning om författare:

Erika Sanders är en internationellt känd författare, översatt till mer än tjugo språk, som signerar sina mest erotiska skrifter, bort från sin vanliga prosa, med sitt flicknamn.

Index:

UNDERGIVEN FANTASI
ERIKA SANDERS

11

KAPITEL I

"Nu har du verkligen hamnat i kläm."

Jag frustade mjukt.

Det var ett väldigt unladylike ljud, men för tillfället kunde jag bara tänka på vad som skulle hända härnäst.

Hade han verkligen läst mellan raderna i alla våra mejl?

Från onlinechattar?

Från de sena telefonsamtalen?

Det borde kanske ha varit mer subtilt.

Det är vad alla tidningar säger, eller hur?

Killar behöver mig för att berätta för dem vad de ska göra.

"Slappna av, Debbie."

Viskningen mot mitt öra fick mig att hoppa.

"Lätt för dig att säga, Harry."

"Shh. Jag kommer tillbaka."

Jag tog ett djupt andetag och blåste sakta ut det och slickade mina torra läppar.

Hade han bara haft kontroll i en timme?

Eller åtminstone möjligheten att gå därifrån?

Jag hörde hur han rörde sig i rummet, TV:n slogs på igen ... insåg att han väntade på att jag skulle bli bekväm.

Jag blundade, inte för att det spelade någon roll, eftersom jag inte kunde se genom ögonbindeln ändå, och jag tänkte på tidigare ikväll...

KAPITEL II

Jag tog upp min mobil och andades ut.

Mitt finger svävade över SÄND-knappen, mina ögon klistrade vid de två orden på skärmen: Jag är HÄR.

Jag tog ett djupt andetag och beseglade mitt öde och bad att mina nerver skulle lugna sig, att jag inte längre kände mig illamående.

Det fanns ingen återvändo nu.

Ljudet av en toalettspolning överröstade ljudet från en närliggande telefon.

Ett ögonblick senare öppnades dörren framför mig och mina nerver förstorades.

"Ska du stå där hela natten?" sa han tyst.

Den djupa rösten kom från den upplysta dörren.

Harry

Jag behövde inte längre blunda för att föreställa mig det.

Hans breda axlar stack ut en fot ovanför mig, insvept i en button-down skjorta med ärmarna upprullade till armbågarna.

Hans obsidiska ögon stirrade in i mina med en lysande blick.

Hans stora händer grep tag i karmen och dörren när han lutade sig ner i korridoren mot mig.

Vårt sista och första möte hade varit på en dans med gangster- och kabarétema en vecka tidigare.

Min egen terräng, mina egna vänner, min egen komfortzon.

Det hade varit lätt att bli kär i hennes charm, hur hon kramade mig när vi dansade långsamt.

Sättet som han tippade in min filthatt på parkeringen innan han kysste mig mjukt, hans fingrar rörde knappt min kind.

Sättet som han hade viskat i mitt öra att mitt beslut att klä gangster hade gjort honom upprörd.

Mina knän böjde sig när han tryckte mot min höft, vilket visade sin upphetsning.

Det tog all kraft att jag kan ta mig ur mig själv de kommande sju dagarna, speciellt på jobbet.

Våra sena chattar i telefon och på Internet hjälpte inte.

Så varför var hon så rädd?

Jag ägnade mig åt ögonblicket som jag hade fantiserat hela tiden...

"Debbie?" Hon öppnade dörren och klev helt ut i hallen nu, med mungitorna nedåt. "Mår du bra?"

Jag backade mot väggen och kramade min kvällsväska över axeln.

Det är ett misstag.

Jag skulle inte ha kommit.

Vad tänkte jag?

Vänta, jag tänkte inte.

Jag...

Hans fingrar borstade min kind när han lyfte min haka.

"Okej. Var inte rädd."

"Vem jag?" Min röst lät skakig och inte alls självsäker, även om jag log.

Hans rynka pannan fördjupades.

Oro och besvikelse visade sig i hans mörka ögon.

"Vill du inte göra det här?"

"Ja. Jag kommer att klara mig."

Jag backade från muren och marscherade mot lejonets håla.

Dörren slog igen bakom mig och fick mig att hoppa till när jag tog in omgivningen.

Det var ett standardhotellrum med ett bubbelbadkar till vänster, klädstången i en alkov till höger och en öppen svit med två lampor och en digital klocka på små bord som flankerar enkelsängen.

En soffa, ett bord, två stolar och en låg byrå med en tv skruvad ovanpå gjorde möblerna färdiga.

Okylt.

Men då var det inget speciellt tillfälle.

Tja, inte ett som du skulle hyra ett lyxhotellrum för, som för en smekmånad.

Ett mjukt fnys undgick min sista tanke.

Nej, inget viktigt sånt.

Det drogs i min arm och jag blinkade.

Mina ögon lyftes för att möta hans, och hans mjuka leende lättade på spänningen lite.

"Låt mig ta din väska."

Jag släppte mitt grepp om remmen och såg honom placera kappsäcken på byrån under den upplysta men tysta TV-skärmen.

Han tryckte på en knapp på fjärrkontrollen och skärmen blev svart.

Nu var det egentligen bara vi två.

De små ljuden verkade nu förstärkas.

Luftkonditioneringsenhetens mjuka sus.

Ljusbrummandet ovanför våra huvuden.

Ljudet av is i maskinen precis utanför rummet.

Det gurglande vattnet i hörnets jacuzzi bredvid sängen.

Nåväl, det här är kanske inte ett så standard hotellrum trots allt.

Mitt hjärta slog i mina öron.

Jag försökte hålla andningen jämn, försökte fokusera på hela situationen.

I det han gjorde.

Varför han gjorde det.

Ett mjukt stön flydde mig när jag tänkte på det möjliga slutresultatet, och något knöt sig i magen.

"Debbie? Sätt dig ner."

Han tog min hand och ledde mig till sängen.

Min hud pirrade av kontakten.

Mina knän böjde sig automatiskt och sedan vilade jag på kanten.

Min korta kroppsbyggnad gjorde det svårt för mig att sitta upp och fortfarande kunna röra mattan.

"Du ser vacker ut ikväll."

Jag blinkade igen och lutade huvudet mot honom.

Ingen hade någonsin kallat mig vacker förutom mina föräldrar.

Hennes ögon fokuserade på klänningen hon hade valt för dansen ikväll, en röd sidenkjol med rostryck och ett svart ärmlöst liv som gav en bred halsringning.

Det var en av mina favoriter, främst för att jag kände mig vacker, trots min lilla kropp.

Ett leende drog över mina läppar, glad att han också skulle ha gillat det.

"Jag är ledsen. Jag är bara lite..."

"Det är bra jag förstår det". Han satt bredvid mig och höll fortfarande min hand.

I flera minuter var det enda ljud vi gjorde vår andning, hans normala, min vacklade.

Hur kan du vara så lugn?

Jag höll blicken i mitt knä, sväljade tungt som när jag vandrade upp på hans knä... Jag såg den lätta utbuktningen där.

Han klämde min hand då och då.

Till slut, när jag kände mig lugn, höjde jag mina ögon mot hans ansikte.

Han tittade på mig.

Hans mungitar var nu uppvridna.

"Jag ska kyssa dig, okej?"

Jag lutade min haka som svar, och sedan kuperade hans hand min käke och drog mig närmare.

Mina ögon stängdes när hans varma läppar rörde vid mina.

De rörde lätt först och sedan knuffade de mig hårdare.

Jag klämde hans hand, sög in luft, små skrik av förvåning nådde mina öron.

Hans hand gled mot bakhuvudet, hans fingrar begravda i mitt hårstrån.

När hans tunga drog min mun ryckte jag till.

När han bet mig i underläppen flämtade jag.

Och när hans tunga gled inåt och skakade på min tunga stönade jag.

Harry fortsatte att hålla min mun med sin tills våra tungor dansade och njöt av varandra och mina stön blev fler.

Han drog ut sin hand ur min och släppte klämman som höll mina kastanjekrusningar.

De mjuka vågorna forsade över mina axlar, viskade mot mina öron och kinder innan jag sköt bort dem så att jag kunde hålla mitt huvud mer stadigt.

Min hand hittade hans lår och klämde på det, vilket framkallade ett stön från honom.

Våra kroppar vände sig mot varandra, nerverna mjuknade när han hjälpte mig att glida upp på täcket.

När jag lutade mig bakåt mot kuddarna suckade jag och förväntan ersatte ångesten i mina spända muskler.

Hans fingrar smekte mina kinder och min panna och hals, snodde sig genom mina flätor när han flyttade sin mun mot min.

Han var mild men bestämd.

Har kontroll, men inte heller bråttom.

Mina fingrar lyftes för att spåra konturerna av hennes hals, genom de ljusa skäggstubbarna på hennes käke, till hennes vågiga hår som stödde hennes huvud.

När hans fingrar gled mot min axel, över den breda remmen på mitt klänningsliv och borstade min bara arm, höll jag andan i munnen.

Även genom sin klänning och behå kunde hon känna värmen av sin beröring.

Jag längtade efter att han skulle ta min bröstkorg, för att lätta lite på pressen jag känt sedan vi träffades.

Det var så nära, men det verkade vara att undvika det området med avsikt.

"Du smakar så gott." Hans mun täckte min en gång till innan han flyttade till min haka, käke och bakom mitt öra innan han slog sig ner i min nacke.

Hans näsa smekte mig, hans tunga slickade mitt kött.

Jag tog ett djupt andetag och släppte ut det långsamt med ett stönande.

"Du luktar fantastiskt."

Jag gnällde, min hud pirrade när han härjade i henne.

"Snälla sluta inte. Mmm."

"Jag har inte för avsikt att göra det." Hans röst var dämpad när han sög försiktigt, nafsade och sedan slickade med de skarpa smärtorna som följde.

Jag tog tag i hans armar och förankrade mig vid honom.

Hans varma kropp tryckte mot min sida och tände gnistor under min hud.

Jag ville lägga den ovanpå mig, men jag orkade helt enkelt inte.

Eller mod att ta initiativ.

Hans mun landade fjärilskyssar på min axel och ner i min hals.

När han gick öppnade jag ögonen.

Hans ögon var fästa, men inte på mitt ansikte.

Jag fortsatte på hennes väg och flämtade när jag såg föremålet för hennes koncentration: mina bRösts snabba upp- och nedgång som tryckte mot gränserna för klänningens halsringning.

Min blick återvände till hans ansikte lagom för att se honom slicka sig om läpparna.

"Om du vill att jag ska sluta, är det dags nu..."

"Nej nej nej". Jag klämde ihop ögonen och en kyla rann genom mig vid tanken att allt kunde ta slut så snabbt.

Ett mjukt skratt var hans enda svar, och sedan borstade hans läppar min hals igen.

Långsamt och metodiskt täckte de varje tum av huden.

Ibland sprutade hans tunga och fick mig att rysa.

Jag hämtade andan flera gånger när den rörde sig lägre.

När hans läppar smekte svullnaden i mitt bröst, tog jag tag i min kjol, min kropp välvde sig mot honom av sig själv.

Hans platta tunga smekte höjden över fållen på min svarta satin-bh, och känslan av fuktig värme brände mig.

Han rörde sig, lade en arm på min mage och vände på huvudet.

Min näsa begravdes i hennes hår.

Det luktade lite som färsk lotion efter tvätt, och jag andades ut med en suck.

Min koncentration ändrades när jag kände hans finger krypa uppför kurvan på mitt dekolletage, störtade in i utrymmet mellan mina bröst innan det gled under kanten på behån.

Hans tunga följde den, och ett stön steg från baksidan av min hals.

Mina bröstvårtor var så hårda att de gjorde ont.

Om han bara...

Min kropp vred sig och uppmanade honom att gå lite lägre, där jag ville ha honom.

Där jag behövde det.

När jag rörde min hand, bokstavligen försökte ta saken i egna händer för att lindra smärtan, rörde han sig igen och tog tag i min arm och lyfte den ovanför mitt huvud.

Han reste sig tillräckligt högt för att frigöra min vänstra arm under honom och länkade den till min högra arm.

Han höll båda handlederna med sin högra hand, sänkte sin mun mot mitt bröst igen och fortsatte att dyrka min nu brinnande hud.

"Snälla ... åh snälla Harry ..." mumlade jag förbi stönen han drog från mig.

"Vad vill du Deb?" Hans andetag gick genom bh-barriären och gjorde att jag fick ännu mer ont. "Berätta vad du vill."

"Åh..." Mitt sinne var suddigt, och jag kände mig plötsligt generad igen.

Varför kan du inte bara förstå vad jag ber dig om?

"Det här skulle kunna vara?" Hans fingrar borstade den nedre delen av mitt bröst genom klänningen och jag stönade. "Ja, jag tror att det är det du vill."

Han retade igen, och till slut låg hans hand runt mitt bröst och klämde försiktigt.

Hans tumme borstade bröstvårtan.

Även genom bh:ns material skickade den chockvågor genom hela min kropp.

"Herregud!"

Mina ögon öppnades och jag höll andan, stirrade i taket men såg ingenting, njöt av det faktum att han äntligen hade rört vid mig där jag behövde honom.

Jag flämtade när han flyttade upp handen och gled in ett finger under kanten på min behå och svepte den om och om igen direkt över min bröstvårta.

Värmen rusade och samlades mellan mina ben.

Världen lugnade ner sig.

Hans läppar borstade mitt öra, hans andetag brände och fick mig fortfarande att rysa.

Min andedräkt drogs när hans hand gled djupare in i min behå för att kupa mig helt.

Jag kände hans hud lite sträv när han knådade mitt bröst och rullade min bröstvårta mellan tummen och hans andra fingrar.

Jag vände mig mot honom, min mun sökte hans.

Han stönade, tryckte sina läppar mot mina och tryckte mig på ryggen igen.

Jag rörde mig under honom och ekade av hans stön när hans tunga svepte min mun och lekte med min tunga.

Han klämde på mitt bröst en gång till och drog sedan tillbaka sin hand.

Han släppte min vänstra handled, förde sin hand över min axel och drog både remmen på min klänning och min bh nedför min arm.

Kall luft borstade mitt nu bara bröst.

Min bröstvårta drog ihop sig smärtsamt.

Jag blev andfådd och skakade när hans fingrar gled nerför min arm och sakta lyfte den tillbaka över mitt huvud.

När jag kände hur han knöt något runt min handled skakade jag mig själv automatiskt.

"Harry?"

"Ja, Debbie?" Han kom ner och kysste min arm och på mitt bröst och sög in min bröstvårta i hans mun.

"Åh!" Jag glömde vad jag skulle fråga honom, mina nerver klarnade av den enkla åtgärden, och jag valde mig mot honom.

Han skrattade och retade min bröstvårta med tungan när han klättrade ovanpå mig och släppte min andra handled.

När han upptäckte mitt högra bröst, flyttade han sin mun åt den sidan när han lade handen tillbaka på mitt huvud.

Jag kämpade för att svälja och såg honom knyta min högra handled.

"Du är så sexig". Hennes ögon glittrade när hon satt bredvid mig och stirrade på mitt bara bröst, min klänning och bh precis under min byst.

Jag drog försiktigt i mina handleder och svalde spänningen.

Det var tillräckligt med slack för att mina armar skulle slappna av mot kuddarna, men inte tillräckligt för att kunna knyta upp mig om jag ville.

"Jag trodde inte att du skulle komma ihåg."

Vad hade hänt med min röst?

Det lät väldigt hest.

"Åh, jag kommer ihåg. Jag kommer ihåg allt."

Det där lata leendet, den där djupa tonen, den där plötsliga mörka blicken i hans ögon fick mitt hjärta att hoppa över ett slag.

Mitt sinne skyndade att komma ihåg allt vi hade diskuterat ... och jag undrade om jag hade glömt att nämna något.

Men jag tappade koncentrationen när han nådde under min rygg, hakade av spännena på min behå och öppnade min klänning.

Jag höll ögonen på honom och såg en uppenbar fascination i hans ögon när han skakade min klänning och avslöjade mer och mer av min nakna kropp.

Han höll andan när han avslöjade mina svarta satintrosor.

Jag gick fram till honom och han stannade, tog tag i mina höfter och körde med tummarna fram och tillbaka över min täckta hud.

När jag återupptog min nakenhet, borstade min kjols satäng mina bara ben och slängde sedan klänningen åt sidan.

Hans fingrar gled upp för mina vader, upp till mina knän och sedan ner igen för att knäppa upp och ta bort mina hälar.

Jag fick en plötslig ilska.

Jag körde sakta med tungspetsen längs överläppen och rörde mina höfter.

"Så du gillar det du ser?"

Hans ögon sköt upp mot mina, och jag svär att jag såg en blixt av eld i dem.

Han pratade inte, men han gled in fingrarna under fållen på mina trosor och drog sakta ner dem.

Jag slukade, medveten om att jag verkligen var orolig för att han skulle gilla det han såg.

Kall luft kom emot mig, och jag kunde inte låta bli att trycka ihop mina lår, stönande och slingrande medan han bara stirrade på mig.

Ett par gånger höjde han handen som för att röra vid mig där, men hans hand gick tillbaka till hans knä.

Jag önskar att jag kunde läsa dina tankar.

Han sträckte sig ner i bakfickan och lutade sig sedan mot mig och strök sina läppar mot mina.

"Mår du bra?"

Jag tog ett par djupa andetag och log sedan.

"Ja, jag är ok."

Hans ögon mötte mina och han log tillbaka.

"Lögnare."

Hans händer rörde sig över mitt ansikte.

En mjuk trasa täckte mina ögon, blockerade ljuset och fäste det elastiska bandet över mitt huvud.

Min andedräkt slog till.

Jag kunde inte undvika det.

Han hade rätt.

En del av mig var orolig för att jag hade gått för djupt.

Jag hade velat ha det här.

Men när min kontroll väl var borta kom mina nerver tillbaka och jag var rädd.

Inte nödvändigtvis Harry, men vad han skulle göra ... eller inte göra.

Det verkade ha gjort detta tidigare.

Vad händer om jag inte lever upp till dina förväntningar?

KAPITEL III

Vilket förde oss tillbaka till mig liggande på sängen, helt nakna, med ögonbindel och händer bundna vid sänggaveln.

Harry satt eller stod i en annan del av rummet och lyssnade på upprepningar av lag och ordning.

Jag tvivlade mycket på att han tittade på tv.

Jag kunde verkligen känna hans ögon på mig.

Och det var inte den där obehagliga känslan när du vet att någon tittar på dig och undrar varför och sedan nervöst tittar dig omkring och försöker hitta den skyldige.

Istället kände jag hur värmen spred sig genom mig, glad att den fann mig värd att titta på.

Det gick flera minuter, serien gick till en reklamfilm och i bakgrunden hörde jag det tydliga klicket från hotellrumsdörren som öppnades och stängdes.

"Harry?"

Det fanns inget svar.

Jag försökte att inte få panik, men kunde inte låta bli att dra på mig.

Jag hörde ingen annan i rummet, vilket var bra.

Men ändå...

Mina tankar kom över mig när jag hörde dörren öppnas igen.

Jag höll andan, hörde hur det klirrade av is i ett glas och väsandet från en läskburk som öppnades.

Värmen från en annan kropp borstade min högra sida och sängen föll under tyngden av någon som satt.

Jag flämtade när en kall handflata borstade min högra bröstvårta.

"Saknade du mig?"

Jag släppte en trasig suck, lättad över att höra Harrys röst.

"Säg mig något nästa gång du går!"

"Jag är ledsen. Jag menade inte att skrämma dig."

Hans läppar borstade mina.

Jag kände lukten av svansen på hans andetag.

Våra tungor flirtade ett ögonblick, och sedan lutade han sig bakåt.

"Ska vi börja?"

Jag log och slappnade av mot kuddarna.

Jag hörde hur han lade ner sitt glas och sedan började han rota under mitt huvud och sänka täcket och filtarna.

Min hud prickade, gåshud när hans händer strök mot min kropp.

Jag hjälpte så mycket jag kunde i min position genom att lyfta min kropp.

När hon redan låg ensam på de kalla lakanen ändrades sängens vikt igen och tv:n tystnade.

"Du kan väl inte se någonting?"

Jag lutade huvudet framåt, åt båda sidor, och slappnade sedan av igen.

"Nej inget."

"Njut sedan. Och inte ett ord."

Jag nickade och böjde mina handleder och fingrar.

Jag visste att han tittade på mig igen, och värme byggde upp mellan mina ben.

Jag rörde mina höfter, vickade med tårna och vände sedan på anklarna.

Allt för att hålla mig distraherad.

Mina läppar var plötsligt torra och jag slickade dem, sväljade och tyckte också att min mun var torr.

Jag tvingade mig själv att andas normalt och lyssnade efter någon antydan om vad hon kunde göra.

Luftkonditioneringen stängdes av och sedan hörde jag bara hur hon andades jämnt.

Men trots det berörde det mig inte.

Efter ytterligare några minuter slappnade mina muskler av och mina ben öppnade sig något.

Hans andedräkt drog till och jag log.

Jag undrade om han onanerade, men han skulle säkert ha hört någon indikation på det.

Jag tänkte fråga honom om allt var okej när jag kände det.

Det var en väldigt lätt beröring, direkt på båda mina bröstvårtor.

Jag stönade när de stelnade.

Känslan rörde sig nedåt och följde kurvan under mina bröst och åt sidorna.

Det var definitivt en fjäder, fylligheten borstade min hud som de mjukaste fingertopparna.

Den rörde sig över min buk, konturerade mina revben, cirklade runt min navel.

Mina höfter ryckte till när spetsen borstade mot mitt ljumskområde, där mitt ben sammanfogade min kropp.

Jag ryste och kurrade.

Han upprepade rörelsen, rörde sig över min höft och sakta tillbaka igen, efter linjen i mitt bäcken.

Jag vred mig när han körde den platta delen av fjädern över toppen av mitt vänstra lår.

Gåshuden steg igen och jag spred ut benen bredare och använde fötterna för att få kraft mot sängen för att trycka upp.

Harry skrattade.

"Tålamod, Deb."

Men han gled fjädern längs insidan av mitt lår, ner under mitt knä och vad.

Jag skrattade när han kittlade i botten av min fot.

Det ändrades för att fungera på min högra sida.

Jag kunde känna värmen från hans kropp lutade sig över mina ben.

Fjädern spårade samma mönster på det andra benet, men bak.

Från min fot till vaden, under mitt knä och över mitt lår, genom mitt bäcken och mina revben.

Jag böjde ryggen och stönade mjukt medan mina bröstvårtor borstade mot den upprullade ärmen på hans skjorta.

"Hej, fuska inte!"

Jag log och slickade mina läppar, men jag skötte mig och lutade mig bakåt.

Han drog sig undan och jag kände hur han rörde sig över mitt huvud.

Fjädern spårade botten av min högra arm till min handled och borstade mina fingrar.

Han ritade cirklar på min öppna handflata innan han arbetade sig ner för min arm igen.

Spetsen svepte över min axel, nerför mitt nyckelben och över min hals.

Jag lutade huvudet åt vänster mot kudden och suckade medan han spårade mönster på min hals och retade mitt öra.

När han förde pennan under min haka lutade jag huvudet åt andra sidan och suckade igen medan jag upprepade samma rörelser över hela halsen, över axeln och in i min vänstra arm och hand.

Jag rörde mina fingrar, pennan gled mellan dem.

Han reste sig och lät min kropp tigga.

Mina fingrar knöts, ekande förträngningar, djupt inom mig.

Jag slickade mig om läpparna igen och kände hur mitt hjärta slog.

Lyckligtvis var det inte långt borta.

En ny sensation, jag antar att en sidenscarf, borstade mina fingertoppar och ner båda armarna samtidigt.

Den täckte mitt ansikte och glider sakta ner för min näsa och mun för att täcka min hals.

När han nådde mina bröst böjde jag mig upp och stönade.

Han gned den fram och tillbaka över mina ömma bröstvårtor.

Sedan smekte näsduken min buk och höfter och borstade kort mitt bäcken på väg mot mina lår och fötter.

Han upprepade processen omvänt, noga med att stanna vid de områden där han stönade av njutning.

Och så var näsduken borta lika fort som den visade sig.

Jag hörde Harry rota i en plastpåse, och sedan låg han igen på sängen bredvid mig.

Det hördes ett klick som lät som ett plastlock.

Jag flämtade när något kallt täckte mitt vänstra bröst.

Hans tunga slickade min bröstvårta innan han sög in den i hans mun.

"Åhh!" Jag böjde mig in i honom och han lydde genom att dra tungan över mitt bröst, handen kupad och klämde.

När han tydligen slickade mitt vänstra bröst, flyttade han sig för att lägga sig på min högra sida och upprepa processen.

Jag kunde känna värmen dunkade inom mig, bad om att bli berörd, och jag gnällde.

"Jag vet, Deb. Jag vet." Han klämde ihop mitt högra bröst och sträckte ut handen för att kyssa mig, doppade sin tunga i min mun. "Mmm."

Jag smakade på choklad och stönade med den.

Han kysste min haka och hals och smekte min axel.

En kall ström av choklad föll på mina läppar och jag slickade hungrigt.

Hans finger tryckte mellan mina läppar och jag sög det djupt in i min mun och torkade det på choklad också.

Sedan kröp kylan upp i min haka och hals.

Det fortsatte genom urtaget mellan mina bröst och cirklade min navel.

Hans tunga och läppar följde sakta med, vilket fick mig att rysa av upphetsning.

Madrasserna gnisslade när han gick därifrån och sedan hörde jag rinnande vatten i badrummet.

Han kom tillbaka en minut senare och körde långsamt en varm tvättlapp över min hals, mina bröst och min mage.

Temperaturförändringen fick mig att flämta och min kropp krusade.

Han lade sig på min vänstra sida igen, handen sträckte sig över min buk.

Han masserade mig ett ögonblick, hans mun täckte min vänstra bröstvårta, nafsade och sög försiktigt.

Jag försökte sträcka mig ner för att dra mina fingrar genom hans hår, men mina händer kunde inte nå honom, vilket påminde mig om att jag var innesluten.

Jag höll mig i luften istället och försökte trycka min sida mot honom.

Hans hand gled upp och kupade mitt bröst.

Jag grät av det plötsliga bettet av en isbit som skavdes mot min bröstvårta.

Jag drog mig undan, men det fanns ingenstans att ta vägen.

Kallt vatten rann nerför mitt bröst, is sakta cirklade runt min bröstvårta.

Det gjorde ont, men den plötsliga smärtan blev bedövande behaglig och jag kände hur värmen steg igen mellan benen.

Jag gnällde och försökte dra mig undan nu och knöt näven.

"Shh. Shh."

Hans fria hand tryckte mot min mage igen och höll mig mot sängen medan han sög på min domnade bröstvårtan och slickade upp vattnet.

Han drog sig undan och en varm handduk täckte mitt darrande bröst.

Jag borde ha varit redo för honom att flytta på mitt högra bröst, men den isiga isbiten i honom förvånade mig fortfarande.

Jag skrek, och än en gång stönade jag och drog mig undan, oavsett hans försök att lugna mig.

Den skarpa smärtan kom tillbaka, klämde ihop min bröstvårta, bedövade huden runt den.

När isen smälte slickade hans mun och sög upp vattnet, och sedan värmde handduken mitt bröst.

Mitt huvud var suddigt nu.

Jag kunde inte tro hur exalterad hon var, ännu mer sedan isbehandlingen.

Jag kände mig lite skyldig över att jag njöt av den korta smärtan.

Det resulterande nöjet var fantastiskt.

Jag var glad att Harry hade knutit mina handleder.

Hon var säker på att hon skulle ha försökt stoppa honom om hon haft chansen.

Hur länge har vi hållit på med det här?

Mina tankar gick tillbaka till nuet när isen gled mellan mina bröst.

Jag skrek och välvde mig.

Harry fångade mina sidor i sina händer och höll mig mot sig medan han drog isen upp och ner i mitten av min kropp med sin mun, mina bröst borstade hans kinder.

Jag kände hur vattenpoolen i naveln rann över mina höfter.

Jag trodde inte att min kropp kunde sluta skaka.

När isen försvann ersatte hans tunga den och slickade min hud som nu fräste under det kalla lagret av is och vatten.

Hans händer rörde sig för att kupa mina bröst och klämde dem när han strök halsringningen i mitten.

Det tog mig en stund att inse att han låg mellan mina ben.

Jag höjde genast mina knän till hans höfter.

Han kände sig så bra inbäddad mot mig där han som mest behövde beröras.

Jag suckade, vid hettan av hans hårda utbuktning som syns genom hans byxor.

Hans djupa skratt vibrerade genom mitt bröst.

"Okej. Jag förstår idén."

Han släppte mig och kröp bort från mina ben.

Jag klagade över den plötsliga frånvaron, men hans hand på min höft lugnade min vridna kropp.

Hans fingrar arbetade sig fram mellan mina lockar och min varma hud.

Jag suckade.

Mina ben spreds igen.

Ett av hans fingrar tryckte mot min slanka slits och rörde kort vid min klitoris.

Jag kurrade och spred benen bredare.

Han strök sakta handflatan över mina yttre läppar.

Då och då blötte han sitt finger, drog det från ena änden till den andra, vilket fick mig att flämta.

Hans hand stannade, kupade min kulle, och två fingrar tryckte ihop och spred svullna läppar.

Jag höll andan när hans tumme cirklade runt min klitoris.

Och så gled ett finger lägre.

Han lekte med det och spårade kanten på mitt ivriga hål innan han flyttade för att borsta väggarna på mina inre läppar.

Mina höfter ryckte och försökte tvinga ner honom i mig redan.

Hans fria hand pressade mina höfter mot sängen och sedan smekte han min fitta helt.

Hälen på hans hand vilade mot mitt bäckenben när hans första tre fingrar gled nedåt, nerför dalen och myste sig för att borsta min klitoris.

Och igen.

Det var en utsökt känsla att äntligen få honom att röra vid mig, vilket lättade på trycket jag kände lite.

Mina händer knöts ihop, min kropp böjde sig, kämpade för att frigöra sig.

Jag stönade och kastade tillbaka huvudet på kudden medan han tryckte in två tjocka fingrar i mig och sedan sög min bröstvårta mellan tänderna.

Hans hand rusade upp och tryckte hårt och djupt.

Spänningen i min mage ökade, och jag spände mina lår runt hans hand och skrek.

Hans hand stannade, men hans fingrar fortsatte att röra sig, fortfarande begravda mellan mina ben.

Han sög på mitt bröst när jag red mot mitt första klimax.

När jag hämtade andan efter att ha kummat drog han sig undan.

Jag hörde hur han sträckte sig ner i väskan igen och då låg han mellan mina ben och spred ut mina lår.

Min andning slog igen när jag kände att något krämigt och kallt spred sig över min fitta.

Jag ryckte till och sög på min underläpp, utan att kunna hålla mina höfter från att kröka sig in i honom.

Hans fingrar borstade insidan av mina lår och sedan tryckte han på ett finger och förde det upp och ner för min fitta.

Jag svalde och tog ett djupt andetag bara för att han skulle glida in fingret i min mun.

Mina läppar slöt sig runt hans finger.

Jag stönade åt smaken av vispgrädde med en hint av mina egna sexuella juicer.

När han sög på hennes finger strök han det in och ut och efterliknade vad han redan gjort på nedervåningen tidigare.

Det var inte svårt att tänka på att han skulle göra det med mer än bara fingrarna.

Bara att tänka på det faktum att han hade täckt min fitta i vispgrädde, och mest troligt gissa varför, baserat på senaste erfarenheter med choklad, fick mig att flämta.

Han hade redan spelat med mig fler gånger än jag kunde räkna.

Och även om jag redan hade många nya upplevelser ikväll, föreställde jag mig aldrig en pojke som slickade mig där nere.

Jag kände hur han satt på sängen utan att röra mig.

Han morrade, långt och lågt.

Det var det sexigaste ljudet jag någonsin hört, och jag kunde inte låta bli att upprepa det.

Det nedre lagret av den vispade grädden började smälta och droppade runt min klitoris.

Jag växlade, stönade mjukt när han tryckte mer vispgrädde mellan mina läppar.

Jag hade lagt rakkräm där tidigare när jag försökte raka min fitta, och känslan var lika erotisk nu, klämde och smekte min känsliga hud.

"Vi börjar bli lite kämpiga, eller hur?"

Jag gjorde ett oförståeligt ljud av otålighet, och han skrattade.

Jag älskade hans skratt lika mycket som hans sexiga morrande.

Jag kämpade för att svälja, älskade det han gjorde mot mig mentalt och fysiskt, trots min periodvisa frustration.

Harry förde sina fingrar över mitt vänstra bröst, längs den tunga kurvan nedanför, över den milda vågen på toppen, som konturerade vårtgården.

Han kupade och masserade mitt bröst.

Hans tumme och pekfinger klämde ihop min bröstvårta.

Jag bet mig i läppen för att inte skrika.

Han gnuggade försiktigt den hårda klumpen från sida till sida, tryckte sedan handflatan mot den och lindrade den skarpa smärtan.

Hans hand gled nerför halsen i mitten och borstade mitt högra bröst.

Hans fingrar rörde vid mig igen, elektrifierade min hud och skickade ny eld mellan mina ben.

När han nypte min bröstvårta rullade jag över till honom och ville att han skulle lägga min mun på den igen.

"Mycket vettigt."

Hans andetag borstade min kind, hans tunga svepte min käke, och sedan höll han på att förverkliga min önskan.

Hans läppar stängde sig över min bröstvårta och sög försiktigt in den skarpa smärtan jag skapat.

Jag gungade från sida till sida och stönade.

Jag kände hur vispgrädden fastnade på mina lår nu, och jag undrade om jag hade glömt.

Jag ville inte att han skulle sluta slicka mig över bröstet, men plötsligt ville jag ha ner honom.

Jag ville veta hur det kändes att ha hans tunga som retade mig där, precis när han retade min bröstvårta.

Hur det skulle vara att ha tungspetsen tryckande inuti mig, hans tänder biter i min slanka hud.

Han körde den platta delen av sin tunga över min bröstvårta igen och gled sedan nerför min kropp, kysste och nafsade och slickade varenda tum av min hud längs vägen.

Snart låg han mellan mina ben.

Han kysste mina höfter och släpade sedan sin tunga över korsningen mellan mina ben och mitt bäcken.

Han lade till ett nytt lager med vispgrädde, och sedan lindade hans armar sig under mina lår och delade sig.

Jag stönade, min kropp krampade lätt.

Jag kände hans heta andetag mot mina mjuka lockar.

Jag grät när hans tunga kom ut och rörde vid min klitoris.

Jag spred ut mina ben bredare och han lyfte min nakna fitta närmare sin mun.

Hans tunga slickade på mig igen, och jag stönade av lättnad.

Hans fingrar masserade mina lår medan han slickade djupare längs min fitta.

Jag hörde det mjuka ljudet av hans tunga som slickade blandningen av min fukt och den spridda krämbeläggningen.

Hans tunga var överallt och saknade inga springor.

Det var en långsam och slingrande process, och jag bad att det inte skulle sluta snart.

Jag släppte taget, mina höfter ryckte under hans mun.

När han sög på min klitoris, skrek jag igen.

När han tryckte tungspetsen mot mig stönade jag.

Jag kunde inte få nog av honom.

Och jag ville röra vid honom mer än någonsin.

Jag förbannade mina begränsningar ... och de höjde fortfarande upphetsningsnivån samtidigt.

Jag har aldrig haft så många olika känslor i mig på en gång.

Jag kom en andra gång när hans finger gled inuti mig igen.

Han strök mig genom min orgasm, hans mun klamrade sig fortfarande fast vid min klitoris, hans varma andetag blandade sig med min egen värme och väta.

Jag var på väg ner från mitt klimax när jag kände isbiten och skrek.

Jag hade tryckt in honom i mig, och kallt vatten rann mellan mina skinkor.

Hans fingrar tryckte, höll isen på plats och lät min värme smälta den.

Jag kände hur mina muskler stramades runt hans fingrar, och han strök dem sakta in och ut samtidigt som mina skrik.

En annan isbit anslöt sig till scenen, den här gången mot min klitoris.

Jag föll i ännu en orgasm, mitt huvud rullade fram och tillbaka mellan mina upphöjda armar och kände hur isen och hans fingrar smekte mig.

Hans mun slickade min fitta igen när jag slingrade mig under honom.

På något sätt lyckades mina fingrar greppa kudden.

Jag tror att jag skrek några förbannelser för att Harry skrattade och sa något om mig som "du är en dålig tjej", ljudet vibrerade mot min hud.

Till slut erbjöd han mig lite lättnad och gick därifrån och sänkte mina ben på sängen.

Jag flämtade, mina ögon spända.

Min kropp kändes i brand, som om ingenting jag gjort hittills hade tillfredsställt den helt, och ändå kände jag mig utmattad.

Hans mun täckte min.

Jag lyckades hitta styrkan att kyssa honom tillbaka, smaka och lukta på min egen söta mysk på hans läppar.

KAPITEL IV

Jag måste ha somnat, för min nästa tanke var att undra varför jag låg med ansiktet nedåt på magen.

Mina handleder var fortfarande bundna till huvudet på sängen, ovanför mitt huvud.

Jag hade fortfarande ögonbindel och fortfarande naken, men jag hade vänt mig om.

Jag suckade och kände hur mina bröst tryckte mot det varma lakanet, mitt ansikte inbäddat i en kudde som låg mellan mitt huvud och mina armar.

Han kunde nå träribborna vid sänggaveln nu.

Jag tog lätt tag i dem och kände min svett och parfym på kudden.

Jag var på väg att ringa Harry när jag kände varm vätska på mina skulderblad och sedan känslan av att händerna spred vätskan över min hud.

Det luktade lavendel.

"Välkommen tillbaka Deb. Du tog en liten tupplur." Han lutade sig ner och kysste min kind. "Jag utnyttjade situationen och placerade om dig. Mår du bra? Gör dina armar ont?"

Jag log och muttrade:

"Nej jag mår bra".

"Väl."

Han kysste mig igen och började sedan massera min rygg och axlar.

Hans fingrar gled över huden på grund av oljan.

Hans händer tryckte försiktigt och drog i mina muskler och drog fram stön och suckar djupt inom mig.

Jag hade haft flera massage tidigare, men ingen hade varit så sensuell.

Det tände mig mer än att det verkligen lättade på någon uppdämd spänning.

Hans fingrar rörde sig till basen av mitt huvud och masserade min hårbotten och bakom mina öron.

Jag andades långsamt och kom ihåg var annars fingrarna hade masserat mig.

När han var klar med min nacke höjde han sina armar mot mina händer.

Våra fingrar sammanflätade, färgade med olja.

Han klämde ihop mina händer och kom tillbaka ner till min rygg och sidor.

Jag ryste när hans fingrar borstade mina bröst och gnuggade oljan runt mitt bröst där hans fingrar kunde nå.

Jag stönade nu, kände tyngden av hans kropp mellan mina ben och tryckte mot min rumpa.

Jag ryckte till när jag kände hur hans utbuktning stelnade, men han steg tillbaka och arbetade med mina ben nu.

Jag gnällde och grävde ner mitt ansikte i kudden för att dämpa ljudet.

Han avslutade mina fötter och förde långsamt sina händer ner på baksidan av mina ben, över min rumpa, tryckte längs baksidan av min midja, höfter och ner för mina sidor.

Hans fingrar borstade sidorna av mina bröst igen och sedan lade han sig ovanpå mig med munnen mot min hals.

Han borstade mitt hår bakåt och nafsade på min högra örsnibb, vilket fick mig att stöna.

Jag suckade och flyttade rumpan mot honom och kände hur hans hårdhet dunkade tillbaka.

Hon ville inte tigga, och hade gått med på att inte säga något, men hon var varm och obekväm trots massagen.

Han behövde mer.

"Harry?" Jag gnällde och vek upp igen.

"Ja, Debbie?"

Det lät kul.

Som om man väntar på detta.

Han tryckte mot mig.

morrade jag.

"Snälla du?"

Han slickade min hals.

"Snälla det?"

"Snälla du..."

"Hmm?" Han ställde sig upp, jag hörde hur hans kläder brusade och satte sig sedan bredvid mig med hans bara lår mot min axel.

Hans hand smekte min nedre rygg och smekte min rumpa.

"Vad vill du Deb?"

Jag kunde inte andas ett ögonblick, eftersom jag visste att hans kuk var där.

Jag gnällde och bet sedan mig i underläppen.

"Låt mig se."

Han tog bort ögonbindeln och jag fick blinka flera gånger för att anpassa mig till ljuset.

Jag lade märke till hans bara axel och en taggtrådstatuering som omringade hans vänstra bicep.

Mina ögon rörde sig nedåt, och jag kände att något djupt inuti mig vred sig av lust när jag såg hans kuk, hård och tjock på hennes lår.

Han pekade direkt på mig, hans huvud knallrött.

Jag höll andan och vände ansiktet mot kudden och tog tag i spjälorna på sänggaveln igen.

"Det är allt?" Hans hand rörde sig lägre och smekte insidan av mina lår.

Jag vred mig och stönade.

"Nej."

"Vad mer vill du ha Deb?" Hans röst var mjukare, hårdare.

Jag tvingade mig själv att svälja och slöt ögonen.

"Du. Jag vill ha dig. Snälla."

"A) Ja?" Hans fingrar gled genom min väta och gnuggade mot min klitoris.

Jag flämtade, mina ögon öppnades.

På något sätt lyckades jag hitta min röst igen.

"Jag vill ha mer."

Han strök mig långsamt.

Hans fingrar grävde i mig.

"A) Ja?"

"Jag vill ha mer."

Jag kämpade för att få knäna under mig, sprida mina ben bredare och känna honom djupare.

"Vad sägs om det här?" Hans röst var en het viskning i mitt öra.

Jag gnällde när jag kände hur han tryckte sin kuk mot mig, strök den fram och tillbaka mellan mina yttre läppar.

"Åh snälla ja!"

"Vad vill du att jag ska göra härnäst, Deb?"

Min tunga frös.

Jag tänkte bara smutsiga saker i mitt huvud.

Jag hade aldrig föreställt mig att säga sådana ord högt.

Tills nu.

Men han kunde inte säga dem.

Jag kunde bara inte...

Han lutade sig över min rygg, hans kuk vilade mellan mina skinkor, och viskade i mitt öra:

"Vill du att jag ska knulla dig Debbie? Vill du att jag ska göra det riktigt långsamt?"

Jag kvävdes och nickade sedan så ursinnigt att det värkte i nacken av ansträngningen.

Han skrattade, satte sig tillbaka och tog tag i min vänstra höft med sin starka hand.

Jag kände hur han rörde sin kuk tills den vilade mellan mina yttre läppar.

Trycket ökade.

Hela min kropp spändes.

Hon hade lekt med leksaker många gånger, så hon var van vid storleken på hans kuk.

Men jag hade bara föreställt mig hur det skulle vara att känna hennes verkliga inuti mig.

Trots att jag var upphetsad och vidgade var jag fortfarande orolig för smärtan.

Han tryckte in mina knän i sina, och de gled ännu längre på lakanen.

Han tryckte igen, och den här gången gick han in.

Jag kvävdes igen, grävde ner mitt ansikte i kudden och låtsades att det var hans fingrar istället för hans kuk så att jag kunde slappna av.

Och precis som utlovat, mycket långsamt, tum för tum, gick han in i min varma, blöta fitta.

Jag kunde inte tro känslan.

Det var ingen smärta.

Istället kom en stark, bultande hetta.

Och nöje.

Åh vilket nöje!

Jag trodde att det aldrig skulle sluta, och sedan gjorde det det, och vi stod båda väldigt stilla.

"Är du okej Deb?"

Ena handen höll fortfarande min höft

Den andra smekte min rygg.

Jag lyckades säga "Ja".

Han kunde bara föreställa sig vår erotiska scen: jag på alla fyra, mina handleder knutna till sängen, min rumpa lyft mot honom.

Han knäböjde bakom mig, hans kuk begravd djupt i mig, hans händer på mina höfter.

Skakningarna gick igenom mig.

Jag hade aldrig föreställt mig undergiven... förrän ikväll.

Han började backa.

Han tog sig långsamt fram, lite utanför, tillbaka in; Han gick ut lite mer, hela vägen tillbaka, tills han gled så att bara huvudet på hans lem blev kvar inne.

Det var en imponerande upplevelse, och jag kunde bara släppa ut små flämtningar av njutning när hon rörde sig.

Hans två händer tog tag i mina höfter nu, och han knullade mig sakta in och ut och gungade min kropp fram och tillbaka mot honom.

Han kom in i rytmen och jag kom på mig själv att röra mig på samma sätt av egen fri vilja.

När han tryckte hela vägen ner, pausade för en extra djup stöt, grävde ner bollarna mot min rumpa, stönade jag högre.

Jag tappade koll på tiden, bara njöt av sensationerna:

Hans händer på min kropp.

Hans kuk inom mig.

Det dova ljudet av honom som glider in i min fitta.

Mitt hjärta slog i mitt huvud.

Vår tunga andning.

Jag vet inte om han sa något, men jag var så fokuserad på det växande trycket inom mig att jag inte tror att jag skulle ha hört honom om han hade gjort det.

Han hade inte ökat hastigheten hela tiden.

Sålunda intensifierades hela upplevelsen, nöjet vunnit.

Han växlade något, möjligen för att lätta på trycket på knäna.

Det spelade ingen roll varför han gjorde det, men han rörde sig också inuti och jag skrek och insåg att han hade träffat min G-punkt.

Han gjorde en paus i sin reträtt.

"Debbie? Har jag skadat dig? Är du okej?"

"Där!" Var allt jag kunde säga, min andedräkt hamnade i halsen, tyst uppmanade honom att fortsätta.

Jag tog tag i spjälorna på sänggaveln och försökte trycka emot honom, men hans händer stoppade mig.

Han knuffade fram, och jag skrek när han slog honom igen.

"Där!"

"Ah. Jag förstår, Deb. Jag förstår."

Och det gjorde han.

Om och om igen gled han djupt in i den perfekta platsen.

Kanten kom närmare och närmare.

Och så vände jag om och skrek hela vägen.

Jag föll tillbaka mot sängen, men han fortsatte att smeka och viskade uppmuntrande ord.

Han förstod knappt vad han sa, men hans djupa röst var tröstande.

Jag kände hur hans händer pressade mig hårdare.

Hans höfter smällde in i min rumpa, en het ström kom in i mig innerst inne, jag grät med honom, och då var vi stilla.

Överraskande nog började han smeka mig igen, lika långsamt som tidigare, och jag fick en ny orgasm.

När jag skakade under honom sträckte Harry sig upp ovanför mig och knöt upp mina handleder.

Jag föll i sidled.

Han drog mig tillbaka mot sitt bröst, fortfarande inom mig.

Tårar kom i mina ögon när hans ena hand täckte mitt bröst och smekte mig.

Hans andra hand föll för att kupa min kulle, hans fingrar gled mellan mina lår för att gnugga min klitoris.

Och jag kom för femte gången.

Vid något tillfälle drog jag bort hans händer.

Jag kände hur hans kuk gled ur mig och lutade sig mot mitt ben.

Han spred kyssar längs mitt skulderblad och höll mig i skedläge mot sig.

När jag kom tillbaka till verkligheten och hämtade andan vände jag mig om för att titta på honom.

Hans armar lindade mig och drog mig närmare.

"Vi använde inte badtunnan", mumlade jag mot hans axel.

"Vad, inte tillräckligt med nöje för en natt?" Han skrattade och tryckte sina läppar mot min panna och borstade mitt hår bakom örat. "Utcheckning är inte förrän vid middagstid imorgon. Så vi har gott om tid."

Jag lutade huvudet bakåt så att jag kunde se in i hans mörka ögon.

De såg tunga ut, lika sömniga som mina.

Jag lyckades dölja min gäspning med ett leende.

"Bra, för jag saknar min revansch och jag är en kärring."

SLUTET

47

DOMINERAR SUSAN.
DET NYA JOBBET
(EROTISK DOMINATION)
AV
ERIKA SANDERS

FÖRORD

Robert är en mogen framgångsrik affärsman, gift och har en son i samma ålder som Susan.

Deras familjer har varit nära vänner i många år och han hade sett henne växa till en härlig ung kvinna.

Han hade alltid visat en öppen vänskap mot flickan och hade under åren gjort henne medveten om sin förkärlek för henne.

I hemlighet gömde hans vänliga förhållande och hans tillgivenhet för flickan hans många mörka önskningar, utan någon chans att förverkliga dem.

Hennes totala underkastelse till honom var den enda drömmen, i hennes mörkaste tankar och en som hon önskade skulle gå i uppfyllelse.

Susan är en nyutexaminerad tjej med en handelsexamen i handen och ivriga att uppleva världen.

På väg att börja sitt första riktiga jobb, en tjänst som erbjuds av Robert, en familjevän, av respekt för sin far och erkännande av hans förmågor.

Men också, utan att hon visste det, underblåst av hans önskan att äga henne.

Hon är en trevlig, sensuell men söt tjej som har haft samma pojkvän, Peter, sedan hennes första år på college.

De är äventyrare, men de stör aldrig deras värld.

Hon vet vad hon vill, eller tror att hon vet, men hon är verkligen ganska lydig när det gäller att låta andra vägleda henne genom hennes livs vägar.

DET NYA JOBBET

Han står framför byggnaden och stirrar på glas- och stålfasaden.

Se alla välvårdade män och kvinnor som skyndar in och ut ur entrén.

Hon tittar på sin egen korta kjolkostym, ökar farten och går in.

Hon känner sig liten och lite skrämd av män som tornar upp sig över hennes sex fot fem när hon kliver upp i hissen och går in i sin nya arbetsgivares verksamhet.

När hon tittar sig omkring ser hon honom i receptionen prata med en bombsnål blond kvinna och fnissande flirtigt, hans leende lyser upp hans ansikte när han vänder sig mot henne.

Hon rodnar utan att veta varför och går mot honom med hälarna klickande på klinkergolvet.

Hans arm lindar skyddande hennes axlar när han presenterar henne för flickan vid skrivbordet.

"Anne, det här är min lilla Susy!"

Hon rodnar, rätar sig sedan upp och sträcker ut handen.

"Hej, jag heter faktiskt Susan, trevligt att träffa dig."

Han dirigerar henne med en konstant hand på axeln till olika avdelningar och andra chefer.

Han presenterar henne som Susan, vilket hon är tacksam för, och som vill göra sitt bästa i denna värld av stor rivalitet.

Hon håller sig nära honom hela morgonen och försöker memorera en mängd olika namn innan han slutligen leder henne till sin kontorssvit.

Han visar henne skrivbordet i förrummet som kommer att vara hans under större delen av tiden hon är här.

Hon lägger ifrån sig handväskan och drar lätt med fingrarna över de väl utvalda möblerna.

Hon leds in på hans kontor där han pekar på de överdådiga mörka möblerna, helt i läder och mahogny.

"Och det är här jag jobbar."

Han lämnar hennes sida för första gången och sätter sig vid sitt skrivbord.

Hon känner sig konstigt ensam när hon står på det här stora kontoret framför honom.

Han tar några nycklar och fortsätter att tala:

"Till vänster, bakom gillestugan, hittar du en dörr till ett litet kök. Detta underhåller ofta kunderna. Kylskåpet ska alltid vara fyllt med det som står på listan, plus att det finns en meny. Du måste lära dig att laga mat. rätter, om kocken inte är tillgänglig. Jag kommer att lägga in det i ditt träningsprogram."

Han hade rört sig snabbt bakom henne, tryckt henne mot dörren och öppnat den.

Storögd och vördnad över storleken på företaget och de kontor hon ägde, allt hon kan göra är att nicka dumt.

"Det kommer att vara så."

"Ja herre", säger han med ett leende, men hans röst skakar om henne.

"Ja herre". Hon svarar automatiskt.

Han tar henne i armen, går ut ur köket och leder henne till ett annat sovrum med dörren på samma vägg.

"Och det här är mitt privata badrum, du kan använda det, men bara med min tillåtelse, förstår du Susy?"

Hon nickar igen ordlöst åt det här badrummets överflöd, och återhämtar sig när hon känner hur han stelnar, stammande:

"Ja herre".

Han ler åt hennes lydnad.

"Han kommer att använda den anställdas toalett i korridoren om han har behov och jag inte är här."

Hon är snabbare den här gången.

"Ja herre".

På andra sidan rummet, två likadana sovrum med dörrar som han visar dig.

"Det här är ett privat mötesrum", tittar hon snabbt medan han rusar iväg henne, "... och det är här jag vilar om jag behöver tillbringa natten på stan."

Rummet var mörkt och en stor himmelssäng och udda bänkar skymtade i det stora rummet.

Han hann knappt känna det innan han stängde dörren för honom.

Han tar henne tillbaka till sitt skrivbord, sätter på datorn och visar hennes personliga meddelandetjänst från sitt kontor till sin dator som alltid ska vara på och öppen.

Nöjd med ett passande "ja" vid rätt tidpunkter och sin naturliga benägenhet att vara hjälpsam, lämnar han henne på skrivbordet för att bekanta sig med sin nya omgivning.

Han testar hennes uppmärksamhet genom att skicka små snabbmeddelanden till henne och ler åt hennes omedelbara svar när hon läser uppgifterna och olika tillfällen som de klagade till henne vid hennes skrivbord.

DET RIKTIGA SYCKET

Han var tålmodig och snäll när hon bekantade sig med hennes nya jobb inom hans företag.

Han pratade ofta med henne via snabbmeddelandeskärmen under tillfällen då hon inte var på möten eller utanför företaget, frågade henne om hennes familj, vänner, hur det gick med hennes pojkvän, vilket fick henne att känna sig som henne. Du ser din kärlek och genuint intresse för hennes liv.

Under de hektiska första veckorna av sin träning tog han sig tid att rådgöra med henne och justera hennes schema vid behov, och blev hennes mentor, hennes vän och ibland en sträng fadersgestalt.

Han skämtade med henne, spelade spel och chattade vänligt.

Samtalen blev gradvis mer intima med tiden.

De spelade sanning eller våga ofta på datorn, och i spelet blev deras frågor mer personliga och direkta.

Sedan gjorde han en paus medan han läste sitt sista svar.

Han hade förväntat sig att något sådant skulle hända, men han förväntade sig aldrig riktigt att det skulle hända.

Här spelade hon sanningen och här fanns chansen att våga med henne igen.

Hon valde alltid sanningen ... och hon erkände precis att hon fått smisk från sin pojkvän och att hon gillade det.

Med det skulle han börja förverkliga sin dröm.

Hon visste att hon förmodligen aldrig skulle spela det här med honom igen, och drog nästan tillbaka och trodde att hon ville sluta, eller ännu värre, berätta för någon i företaget och sedan hennes familj.

Han var dock tvungen att gå vidare.

Hans långvariga begär drev honom, och han började skriva.

Hon hade inte valt att våga, men han fortsatte att skriva ...

* * *

"Jag vågar dig att låta mig slå dig, Susy."

Hon stirrade, kunde inte tro vad hon läste.

Hon hade växt sig nära honom, älskat honom och hur han brydde sig om henne och fick henne att känna sig så speciell, nästan som att hon var hennes pappa.

Kanske skojade han med henne igen, utan att tro på vad hon hade berättat för honom om deras dejt kvällen innan.

Hennes sinne snurrade när hon tänkte på hur hon hade känt att få smisk av sin pojkvän och hon slingrade sig i sätet när hon insåg att hon behövde svara.

Han stirrade på skärmen, meddelanderutan var tom, för tillfället och väntade på hans svar.

* * *

Han började flippa, men så såg han att hon skrev.

Hans hjärta slog snabbt och han fick panik innan han äntligen såg vad hon skrev.

"Ja sir."

Hon skrev snabbt och fick henne att agera på sig själv och sin tur:

"Gå sedan in på mitt kontor och stäng dörren. När du kommer in på mitt kontor kommer du att lyda alla mina order, du kommer att ligga i mitt knä utan att tala och du kommer att underkasta dig mina smiskar."

* * *

Hon blinkade åt hans svar.

Det här spelet började bli seriöst, men det var bara ett spel, eller hur?

Testade han henne?

Ska jag gå tillbaka?

De var både nervösa och spända av sina egna skäl, klistrade vid datorskärmen.

Hon ville inte vara den första att backa och få honom att reta henne.

Hon skrev:

"Ja herre".

* * *

"Kom sedan till mitt kontor, Susy, och stäng dörren."

Det fanns inget svar, men hon rusade in på sitt kontor och stängde dörren som en rädd kanin, trolös på vad hon just hade accepterat och trodde att han fortfarande lekte med henne.

Han satt till synes oberörd när hans kropp värkte efter henne och såg hennes rädsla, förvirring och värmen i ögonen som höll henne igång.

"Mitt knä väntar"

Hon tog ett steg framåt och han höjde sin hand, stannade mitt i steget.

"Du gick med på att lyda mig när jag kom in i det här rummet, eller hur?"

Synbart darrande viskade hon:

"Ja herre".

Han pekade mot marken, blev modig och grymtade,

"Kryp mot mig."

Han såg känslorna spela i hennes ansikte, motvilja, rädsla, rädsla, spänning och slutligen underkastelse.

Han släppte ut andan han höll när han såg början på sin dröm gå i uppfyllelse, hennes lilla kropp föll ner på knä och sedan i hans händer när hon började krypa mot honom.

Han kände hur hans kuk ryckte vid åsynen av henne.

Det var hans äntligen, om så bara för denna eftermiddag.

* * *

Hon kunde inte tro att hon gjorde det här, den här mannen som hon hade känt hela sitt liv var på väg att verkligen slå henne.

Spelet hade gått för långt, men varför stoppade han det inte?

Hon inser att hon ville ha honom!

Åh gud, ville hon ha honom?

Var det något fel på henne?

Varför kändes det så här?

Hennes ögon låste sig på hans starka kropp i hans stora stol när hon nådde hans fötter och glidande som en orm flyttade hon i hans knä.

Han visste att det var fel, men han kunde inte låta bli.

Utan ord, utan diskussion, utan att smeka henne för att hon var en duktig tjej, smällde hans hand hårt i hennes rumpa och hon tjöt.

***

Han såg på den vackra ängeln som kröp mot honom, hans sinne gick till de mörkaste platserna och måste backa, så ung och lättpåverkad att han inte insåg sitt värde.

Han använde all sin viljestyrka för att förbli oberörd när hon glider upp på hans knä, säker på att han kan känna denna hårdhet i hennes mage när han lyfter hennes kjol, avslöjar en rosa stringtrosa, höjer sin hand och slår henne med all sin kraft...

Om så bara för denna gång han njöt av det.

Se hennes spända muskler krusa under attack och hennes handavtryck lyser rött på hennes vita hud.

Hon skriker och flämtar:

"Åhhhhh thatooo hurtsleeeeee".

Hon skriker och vrider sina ben sparkande medan han piskar henne djupt igen.

***

Hon tappar koll på smisken när smärtan fyller hennes lilla kropp och värmer upp henne.

Hon märker värmen som börjar i hennes lilla fitta och vätan på hennes lår när han piskar henne.

Förlorad i sin värme och behov av att skrika, små tårar stryker hennes kinder.

* * *

Hans hand domnar när han piskar henne hårt och njuter av stramheten i hennes hårda muskler, hennes skrik och vädjanden om att hon ska sluta slå honom när han målar hennes lilla rumpa ljusröd.

Han stannar när han ser henne våt mellan hans ben, otroligt nog, hennes lilla kropp rycker i hans knä.

* * *

Hennes sinne låste sig i den här mannens kraft när hon flämtar och skriker.

När han fortsätter att piska henne hårt och snabbt, tar hennes kropp över när hennes sinne rullar, hon känner värmen och det uppdämda behovet av en alltför oduglig pojkvän och förlorad i känslan av att hon kommer, blir hård och sin orgasm. sprutar på hennes lår med denna enkla smisk.

Hon känner att han stannar och dör inombords.

Hans skam fyller henne när hon darrar i hans knä, flämtande och snyftande.

Värmen från hennes rodnad fyllde hennes ansikte, så generad, hur kunde hon ha gjort det?

* * *

Han ler när han ser hur hennes ansikte blossar av förlägenhet, håller henne på plats och vet att detta är hennes ögonblick.

"Under nästa vecka kommer du att bli min slav. Detta kommer att vara din kungliga sysselsättning. Du kommer att lyda mig i allt jag befaller dig. Du kommer att hålla dig i sikte hela tiden och be min tillåtelse att lämna om det behövs, även om det bara är för att gå på toaletten. Jag kommer att äga dig och du kommer att lyda mig. I slutet av en vecka kommer vi att prata om detta igen."

* * *

Hon ligger i hans knä och känner orgasmen av hans smisk och lyssnar på hans ord.

Det är ett uttalande, inte en fråga.

Han inser att han inte har gett honom alternativ.

Hon lutar på huvudet i skam och skakar åt det hon just gjorde.

Och hon stönar:

"Ja herre"

HISTORIEN KOMMER ATT FORTSÄTTA I NÄSTA VOLYM: REGLERNA